EL CASO DEL PASTEL DESAPARECIDO

Originally published in English as
The Casagrandes: Case of the Missing Cake

ISBN 978-1-338-83085-9

10 9 8 7 6 5 4 3 2 1   22 23 24 25 26
Printed in the U.S.A.   40
First Spanish printing, 2022

EL CASO
DEL PASTEL
DESAPARECIDO

Daniel Mauleón

SCHOLASTIC INC.

I

EL GALLO ROJO SACA el pecho y canta. El luchador, vestido de gallo, salta a las cuerdas del *ring*, brinca y sale disparado por el aire, volando en…

—¡Bobby! —le grito a mi hermano mayor, que está bloqueando la televisión; ya es lo suficientemente terrible tener que verla desde la cocina.

—Ay, disculpa, Ronnie Anne —responde Bobby, tomando una de las flautas de mi abuela—. Necesitaba refuerzos. —Se lleva la flauta a la boca y se aleja.

Por fin puedo volver a ver la tele.

—¡Ay, caramba! ¡Me perdí la jugada!

—*Mija*, ¿estás ayudando o mirando la televisión? —pregunta mi abuela.

—Ay, lo siento, abuela.

Me doy la vuelta y me concentro en la tarea que tengo entre manos. Mi abuela, la mamá de mi mamá, sujeta un cuenco con el brazo izquierdo mientras en la mano sostiene una vieja receta. Me lee la receta a la vez que revuelve el contenido del cuenco con la mano derecha. No es lucha libre, pero la maniobra me parece impresionante.

—Mientras mezclo los ingredientes húmedos, necesito que ciernas la harina, el cacao, la levadura en polvo y la sal —dice.

Vierto los ingredientes uno a uno en un colador, sujetándolo con cuidado sobre un recipiente. Luego me pongo a cernir, uniéndolo todo hasta que el polvo comienza a caer en el recipiente de abajo.

Vivo con mi mamá, mi hermano y mis abuelos en un edificio de apartamentos. En este mismo edificio viven mi tía, mi tío y mis primos, ¡y también mi mejor amiga! Ya sé que es una locura, pero es divertido: nunca nos aburrimos, te lo aseguro.

Mañana por la noche es la fiesta de verano anual del edificio y se supone que cada inquilino lleve un plato especial. Me puse a bromear diciendo que me llevaría a mí misma, pero el chiste no le hizo gracia a nadie. Ahí fue cuando mi abuela me preguntó si quería ayudarla a hacer su famoso pastel de tres leches para llevarlo juntas, y acepté de inmediato. Mi abuela es una gran cocinera y el tres leches le queda delicioso, así que llevaría a la fiesta algo que realmente valiese la pena, siempre y cuando no lo echara a perder.

Por supuesto, cuando acepté, pensé que haríamos el pastel el mismo día de la fiesta, pero mi abuela insistió en que lo preparásemos la noche antes. Por eso ahora estoy metida en la cocina ayudándola a hornear en lugar de estar viendo el programa de lucha libre en la sala junto al resto de la familia. ¡Para empeorar las cosas, mi luchadora favorita, La Tormenta, va a luchar esta noche!

Empiezo a cernir más rápido, pero solo consigo que una nube de harina me explote en la cara.

—Mamá —le dice a mi abuela mi tío Carlos, el hermano de mi mamá, asomando la cabeza por la puerta de la cocina y haciendo una mueca.

—¿Qué te pasa, *mijo*? ¿Por qué estás de lado? Párate derecho.

—A propósito de eso… —dice Carlos, y atraviesa completamente la puerta.

Mi tío tiene la espalda doblada hacia atrás en un ángulo de noventa grados.

—¡Vaya! —exclamamos mi abuela y yo al unísono.

Mis primos Carl y CJ entran a la cocina justo detrás de mi tío. Están disfrazados de luchadores, y creo que sé lo que acaba de pasar.

—Estábamos practicando unos movimientos nuevos —dice Carl, como si no pasara nada.

—Y se nos fue *un poco* la mano —explica CJ algo más preocupado.

—Ya vengo, *mijo.* —Mi abuela coloca el recipiente con la mezcla en la encimera y va hasta el baño.

En cuestión de segundos vuelve con un pequeño frasco azul de Vick Vaporub. Saca un montón de pomada del frasco con los dedos y se la unta por el cuello y la espalda a mi tío. Huele a enjuague bucal y no tengo ni idea de cómo funciona, pero de todos los remedios especiales de mi abuela, es este en el que más confío.

Mi tío Carlos se estremece por un segundo.

—¡Me hace cosquillas! —dice, y lanza un suspiro cuando la pomada comienza a hacer su magia.

—Ahora, ¡vamos a enderezarte! —dice mi abuela, y levanta a mi tío del suelo y lo endereza hasta que se escucha un *"CRAC"*.

—Gracias, mami —dice Carlos, y sale de la cocina con Carl y CJ.

En cuanto se pierden de vista, oigo a mi primo Carl lanzar un grito de ataque y a mi tío gemir de dolor.

—¿Cómo te va con eso, Ronnie Anne? —pregunta mi abuela.

Miro el montón de ingredientes secos que no ha cambiado mucho desde que empecé a cernir.

—Eh… bien, creo.

—¡Perfecto! Ahora añadiremos el ingrediente secreto.

Mi abuela mete la mano en un gabinete de la cocina y, en ese momento, escucho gritos en la sala. Volteo la cabeza hacia el televisor. ¡¿Qué me perdí?!

—¡Sí, enséñales quién es el que manda! —exclama mi abuelo desde el sofá.

Trato de ver a quién se refiere, pero Bobby me está tapando la vista de nuevo.

Mientras muevo la cabeza aquí y allá, oigo a mi abuela trastear por la cocina.

—Esta receta lleva mucho tiempo en la familia, Ronnie Anne. Mamá Lupe, tu bisabuela, la hacía a menudo, tanto para cumpleaños como para fiestas de quinces y, a veces, porque se le antojaba y ya.

—Anjá —digo, asintiendo. La escucho, aunque no le esté prestando *toda* mi atención.

—Pero el ingrediente especial se debe a un pequeño accidente —continúa mi abuela—. Mamá Lupe estaba preparando un tres leches para mi duodécimo cumpleaños cuando Paco, su loro, probó la mezcla y se emocionó tanto que tumbó el frasco y derramó un poquito del contenido sobre la misma.

—¡VAYA! —grito al ver como echan al Gallo Rojo del *ring*. Por suerte, mi abuela cree que estoy comentando lo que acaba de decir.

—¡Así mismo! —continúa ella—. Todos pensamos que el pastel se había arruinado, pero mi mamá siguió adelante y lo horneó. Para sorpresa nuestra, ¡quedó incluso mejor! —Hace una pausa, y luego añade—: Entonces, a todos nos salieron alas y comenzamos a volar por la casa.

—Qué bueno —respondo.

—Ronnie Annc... —dice mi abuela lentamente.

Ay, me pilló. Es cierto que *no le estaba prestando* atención.

—Disculpa —digo, y de mala gana le doy la cara—. ¿Qué falta?

—Mezcla los ingredientes húmedos y secos...

—¡Allá voy!

—Y mantén la vista en el cuenco, no en la televisión.

—Eso haré.

Mientras lo mezclo todo, mi abuela engrasa un molde para hornear de metal. En ese momento, Carlota, la hermana mayor de CJ y Carl, se aparece en la cocina.

—¡Gracias de nuevo por prestarme los aretes, abuela! Las cosas retro están de moda —dice, mostrando unos aretes de perlas.

—Por supuesto, cariño —dice mi abuela con dulzura, admirando a Carlota—. Mis cosas no pasan de moda. Con suerte, esos aretes te ayudarán a atraer un admirador.

"Puaj", pienso, aunque no estoy segura de que mi prima opine lo mismo.

—¡Abuela! —dice ella—. Solo voy a salir con mis amigos.

—Nunca se sabe, *mija* —responde mi abuela con una sonrisita, y le da un abrazo.

Carlota se marcha y seguimos con la receta. Mi abuela me ayuda a verter la mezcla en el molde, lo agita hasta que la mezcla se asienta y luego lo mete en el horno. Paso el dedo por el recipiente y pruebo la mezcla que ha quedado. ¡BAM! ¡Es picante!

Deliciosa, pero definitivamente sorprendente. ¿Cuál *es* el ingrediente especial?

—¡Ay, mezcla de tres leches! —dice Sergio, el loro de mi abuela, posándose en el borde del recipiente.

Un segundo después aparece Lalo, el perro más grande, con la lengua afuera chorreando baba. Por último, Carlitos, mi primo pequeño, se encarama encima de Lalo para subirse a la encimera.

—No, no, no, nada para ustedes —dice mi abuela muy seria.

Carlitos, Sergio y Lalo ponen cara de cachorritos hambrientos (lo que es realmente fácil para Lalo, ya que es un perro).

Mi abuela deja escapar un suspiro.

—Nada de mezcla, pero les daré algo para merendar —dice, y abre el refrigerador y comienza a buscar comida para el extraño trío.

Miro el horno y veo que el pastel ha comenzado a hornearse.

—¿Sabes, abuela? Qué bueno que te estoy ayudando. Con tanta gente viniendo a pedirte ayuda no habrías podido terminar de preparar el tres leches. Realmente eres indispensable para la familia.

Mi abuela aún tiene la cabeza metida en el refrigerador, pero no necesita mirarme para saber lo que quiero.

—Tienes razón, Ronnie Anne —dice—. Ya puedes ir a ver la televisión.

—¡Gracias! —suelto como un rayo, y salgo corriendo hacia la sala para ver la siguiente pelea.

2

PARA MI GRAN DESILUSIÓN, La
Tormenta no luchará hasta el final del programa. Pero cualquier combate de lucha
libre es mejor que ninguno, así que me sumo
a la algarabía de mis familiares.

Sin embargo, en el momento en que van
a anunciar al más reciente ganador, mi
abuela me llama nuevamente. No me ve
poner los ojos en blanco, pero mi mamá sí.
Está vestida con su bata, lista para ir a

trabajar al hospital. No obstante, tiene tiempo para soltarme un sermón.

—Ronnie Anne, no olvides que tu abuela te está dejando ayudar. No querrás llegar con las manos vacías a la fiesta de mañana.

—¿Y qué llevarás tú? —le pregunto.

—¡Me llevaré a mí misma! —responde, y se ríe.

Me quedo boquiabierta. ¡Ese era *mi* plan!

—Si puedo dormir un poco entre este turno y la fiesta de mañana me daré por satisfecha —dice mi mamá, y añade—: Aprovecha el tiempo con tu abuela para que aprendas algunos de sus trucos culinarios y disfruta de su compañía.

Ahí se acaba todo. Mi mamá me acompaña hasta la cocina antes de darme un beso de despedida.

Entonces, mi abuela me da un cuenco y una espátula.

—Espera. ¿Aún falta algo por mezclar? ¿Vamos a hacer el merengue?

—Vas a mezclar las tres leches —contesta ella, y señala la encimera, donde hay dos latas y un cartón de crema para batir—. Abre esas latas de leche y mézclalas con la crema.

—¿Leche *enlatada*?

Ni siquiera sabía que eso existía.

—Sí, *mija*, acaba de empezar. El pastel está casi listo.

Abro las latas. Una dice LECHE EVAPO-RADA, y pienso que seguramente estará casi vacía. La otra es leche condensada, algo que creo debe parecerse al yogur. Pero al verter ambas latas en el cuenco, veo que contenían… ¿leche? Agrego una taza de crema para batir y lo revuelvo todo. Tres leches. *Ohhhh*, ya entiendo.

Mi abuela abre el horno y saca el pastel.

—Aquí tienes —dice, entregándome un palillo—. Tenemos que hacerle agujeros en la parte superior.

Comienzo a pinchar el pastel, imitándola, y siento que *me relajo*. Mi mente vuelve a la lucha libre. Si trabajo lo suficientemente rápido, quizás pueda ver el combate final.

—Eh, *mija* —dice mi abuela, mirando el pastel—. ¿En qué estás pensando?

Miro hacia abajo y veo que he formado la cara de La Tormenta con agujeros. ¡Uy!

Mi abuela me pasa el cuenco con la mezcla de las tres leches.

—Bien, ahora viértela sobre el pastel.

—¡¿Qué?! ¡¿Así es como se hace el tres leches?!

—Créeme, Ronnie Anne, es en este paso donde el pastel se vuelve especial.

Agarro el cuenco y vierto la mezcla con cuidado sobre el pastel. Las tres leches inundan la parte superior del molde. Sinceramente, parece una sopa de pastel.

—Ahora, mira —dice mi abuela.

En cuestión de segundos, la mezcla de las tres leches empieza a empapar el pastel a través de los pequeños agujeros. El pastel parece brillar. Todavía queda un poco de leche en los bordes del molde, pero la masa ha absorbido la mayor parte. Tenía razón; se trata de algo mágico.

Mi abuela saca un papel plástico y cubre el molde herméticamente.

—Lo dejaremos reposar toda la noche en el refrigerador para que absorba las tres leches. Mañana lo cubriremos con merengue y estará listo para la fiesta.

Mete el pastel en el refrigerador y me doy cuenta de que hemos terminado. ¡Por un momento olvidé la lucha libre! Al menos por un momento.

—¿Puedo ver el resto del programa? —pregunto.

—Todavía te necesito para una tarea muy importante —dice mi abuela; suelto un suspiro—. Tu tía Frida quiere que sea su modelo en una nueva serie de retratos, así que me voy a su apartamento. Necesito que vigiles el pastel y te asegures de que nadie se lo coma; especialmente Sergio, después del *incidente*… Bueno, pero esa es otra historia, me voy.

—Está bien, abuela, lo vigilaré —contesto resignada.

Al menos podré ver el programa desde la cocina, aunque Bobby me bloquee de vez en cuando.

Mi abuela se despide y se va al apartamento de mi tía Frida y mi tío Carlos, al otro lado del pasillo. Tomo la escoba y me siento sobre un colador de pasta que he puesto encima de una silla. Así parezco la guardiana oficial del tres leches y puedo ver mejor la televisión.

En seguida se aparece mi abuelo. En cuanto se acerca al refrigerador, le apunto con la escoba.

—Te estoy vigilando —le advierto.

Mi abuelo abre el refrigerador lentamente y, sin dejar de mirarme, toma unas sobras de tamales. Luego se apresura a salir de la cocina. Después de eso, nadie más se me acerca.

Miro hacia la sala, donde mi familia continúa viendo el programa, y entonces la veo. La Tormenta sube al *ring*. ¡Se ve imponente! Pero en ese momento la inmensa cabeza de Bobby me bloquea.

Miro hacia el refrigerador. La cocina está vacía y mi familia sigue atenta al televisor. Pienso que no necesito vigilar el pastel si puedo vigilar a todos desde donde estoy, así que suelto la escoba y me apoyo en la encimera para disfrutar del último combate de lucha libre.

★ ★ ★

A la mañana siguiente me siento agotada. Durante la última pelea grité tanto que me duele la garganta. Me levanto de la cama y me dirijo dando tumbos a la cocina. Espero que el jugo de naranja me ayude a despertarme. Pero en cuanto abro el refrigerador me viene a la mente la noche anterior.

Ay, no. Después del programa me fui directamente a mi habitación a practicar lucha libre con mis almohadas y me olvidé por completo del encargo de mi abuela. Ahora el pastel de tres leches ha... DESAPARECIDO.

3

ABRO EL REFRIGERADOR. Cierro el refrigerador. Vuelvo a abrir el refrigerador. Espero que un milagro haga reaparecer el pastel, pero eso no sucede. Ha desaparecido. Se ha esfumado. No existe. Se me ocurre encender una de las velas de mi abuela y rezarle al santo que esté encargado de los pasteles para que me lo devuelva, pero no estoy segura de que haya un santo que sirva para eso y tampoco me dejan usar fósforos.

En lugar de eso me voy a mi habitación y entierro la cara en la almohada. Quiero gritar, pero incluso con la almohada todos me oirían.

¡Szzz! Mi teléfono suena en la mesita de noche y volteo la cabeza para ver la pantalla. Es un mensaje de mi papá. Estiro el brazo para agarrar el teléfono.

"Oye, Ranita", comienza diciendo mi papá, que siempre me llama así.

Siento que quiero desaparecer. Qué liberador sería ser una ranita ahora mismo… Las ranitas no tienen que vigilar ningún pastel, solo tienen que saltar por ahí. Bueno, saltar por ahí y tratar de que no se las coman los pájaros. Me pregunto qué sería peor, ser comida por un pájaro o masticada por mi abuela. Prefiero el pájaro.

Leo el mensaje completo de mi papá.

"Oye, Ranita, tu mamá me invitó a la fiesta de esta noche. No estoy seguro de qué llevar. ¿Tienes alguna sugerencia?".

Cualquier otro día me alegraría recibir un mensaje de mi papá al despertar, pero hoy no sé qué responderle. ¡Estoy demasiado estresada por lo que debo llevar yo a la fiesta! Una vez que sepa dónde está el pastel de tres leches, podré echarle una mano. Hasta entonces cada ranita deberá arreglárselas sola.

Sin embargo, aunque no puedo *ofrecerle* ayuda, me vendría bien que me ayudaran a mí. Abro mi lista de contactos y llamo a Sid, mi mejor amiga.

—Hola, Ronnie Anne. Te levantaste temprano. ¿Qué pasa?

—Necesito ayuda. —Escucho un clic y luego silencio—. ¿Sid?

Me colgó. No tengo ni un minuto para pensar en el asunto porque tocan a la puerta de mi cuarto.

—¿Quién es? —pregunto—. ¡Estoy tratando de hacer una llamada!

—Soy yo, Ronnie Anne.

—¿Sid?

—Vine tan pronto dijiste que necesitabas ayuda.

Abro la puerta y veo a mi mejor amiga con una gran sonrisa en la cara. Sid siempre ha sido mi amiga en Great Lakes City. Se mudó al edificio de apartamentos poco después que yo y no podría haber deseado una vecina mejor. Especialmente en mañanas como esta, cuando estoy en crisis.

Le cuento todo lo que pasó: lo del pastel desaparecido, lo de que estaba vigilándolo y lo increíble que estuvo La Tormenta en el combate final. Por suerte, mi amiga está ahí para recordarme por qué la llamé.

—¿Así que crees que alguien de tu familia se lo comió?

—Tuvo que ser uno de ellos, ¿no? O al menos se lo llevaron a escondidas para comérselo después.

—Hum… Bueno —dice Sid, dándose golpecitos en la barbilla—, quizás haya una manera de averiguarlo.

★ ★ ★

En el sótano del edificio, detrás de un agujero en la pared del cuarto de lavado, hay una pequeña habitación. A veces es el único lugar donde puedo disfrutar de un poco de paz y tranquilidad sin tantos familiares alrededor. Bueno, un poco de paz y tranquilidad y arañas. También es un lugar excelente para esconderme de mi abuela cuando tengo algo que investigar.

Quizás no sea la mejor manera de emplear el tiempo, pero Sid y yo decidimos pintar la habitación de blanco y negro antes de comenzar la investigación. Luego ponemos una puerta rota en la entrada y con un marcador permanente le escribimos encima: SID CHANG Y RONNIE ANNE SANTIAGO, INVESTIGADORAS PRIVADAS.

Mientras Sid va a buscar a nuestro primer sospechoso, hago un escritorio con cajas de cartón. Luego me pongo una gabardina y un sombrero de fieltro, y me alisto para realizar mi papel de investigadora privada.

Finalmente el sospechoso, muy emplumado, entra en la habitación. Se trata de mi compañero de apartamento y la mascota de la familia, el insoportable Sergio.

—Oye, me prometieron que habría galletitas —suelta.

Como siempre, está pensando en la comida, por eso es nuestro principal sospechoso en el caso del pastel de tres leches desaparecido. Tomo un palillo y me lo pongo entre los dientes. Dejo que el silencio reine por un minuto.

—Si respondes nuestras preguntas, veremos lo de las galletas —digo, despacio.

—¿Crees que me comí el pastel? —pregunta.

Y así de fácil, ¡lo tengo!

—Qué curioso, no recuerdo haberte preguntado por el pastel —digo, triunfante, apuntándole con el palillo de dientes.

—Bueno, sí, Sid lo mencionó cuando bajábamos —responde él.

Miro a Sid.

—Lo siento, Ronnie Anne. Olvidé que no podía decir nada —dice mi amiga, frunciendo el ceño.

—No importa —continúa Sergio, arreglándose las plumas—. Me fui a dormir temprano y recién me desperté.

—Ay, seguro —digo.

No le creo ni una palabra. Aunque Sergio

no se haya comido el pastel, le gusta tras-
nochar con Sancho, la paloma. ¿Acostarse
temprano? Ni de juego.

—¡Es verdad! —protesta Sergio.

—Ah, así que estamos diciendo la verdad, ¿eh? Entonces, ¿no te importa que le
cuente a mi abuela lo de la tarjeta de crédito que abriste a su nombre?

—*Accccc* —suelta Sergio, y trata de
cubrirse el pico—. No sé… de qué hablas.

—¿Te parece que debamos creerle? —le
pregunto a Sid.

—Ni un tantito —responde ella.

Las buenas amigas siempre te cubren la
espalda.

—Está bien —confiesa Sergio—. Tienes
razón, anoche fui a buscar el pastel, pero
cuando llegué al refrigerador ya no estaba.

No es justo que tu abuela no me deje comer tres leches.

Ahora está siendo honesto, y me doy cuenta de que no sabe nada. Volvemos al principio.

—Sácalo de aquí —digo, dándole la espalda al loro.

—¿Y las galletas? —pregunta él cuando Sid lo saca por la puerta—. ¡¿Y LAS GALLETAS?!

A continuación, mi amiga trae a mi abuelo.

—Me gusta como ha quedado el lugar —dice—. Se ve chévere.

—Sí, sí —respondo—. No hacen falta los cumplidos. Dime qué hiciste anoche después de la lucha libre.

—Bueno, no estoy muy seguro de lo que

hice justo después porque me quedé dormido antes de que terminara. Eso sí, cuando me desperté todos se habían ido a la cama. Pensé que también debía acostarme.

¡Lo atrapé!

—¿Te fuiste directamente a la cama? ¿Sin comer algo antes? —pregunto.

—Merendé un poquito —responde.

Se me escapa una sonrisa. Qué despreocupado y descuidado es mi querido y dulce abuelo.

—¡Así que te comiste el tres leches! —exclamo.

—¿Tres leches? Para nada. Calenté unas flautas. No me malinterpretes, ¡si hubiese visto el pastel me lo habría comido! Aunque hubiese tenido que lidiar con la chancleta de tu abuela por la mañana, habría valido la pena —explica, limpiándose la baba de la boca.

No fue él, pero todavía nos quedan dos sospechosos.

Sin embargo, pasan la prueba rápidamente. Mi mamá estuvo trabajando hasta muy tarde. Cuando trato de interrogarla, me pregunta si me gusta tener un techo sobre mi cabeza.

Bobby intenta engañarnos diciendo que pasó la noche chateando con Lori, su novia que vive lejos. Pero antes de que lo rete, su mentira se derrumba como un castillo de naipes.

—Está bien, estaba practicando unos pasos de baile —grita, y pienso que eso tiene más sentido.

—Solo nos queda tu abuela en el apartamento —dice Sid, sentándose en el escritorio.

—Sí, y no necesita saber que el tres leches ha desaparecido.

—Entonces, si no fue nadie de tu apartamento, ¿qué otro miembro de tu familia podría ser? Habían más familiares tuyos viendo la lucha libre, ¿no? —pregunta Sid.

Asiento, pero creo que ya hemos perdido demasiado tiempo arrastrando a los sospechosos hasta este lugar. Es hora de que llevemos nuestro trabajo detectivesco a otro nivel.

MI TÍO Y SU FAMILIA viven en el apartamento frente al nuestro. Las puertas de ambas viviendas se mantienen abiertas todo el tiempo, y es como si todos viviéramos juntos. Sin embargo, cuando Sid y yo llegamos al apartamento de mi tío, cierro la puerta detrás de nosotras. No quiero que mi abuela se entere de nuestro plan.

La primera persona que vemos es mi tía Frida, que anda hurgando por la sala.

Parece que no somos las únicas que estamos buscando algo esta mañana.

—Buenos días, tía —le digo sonriente—. Te parecerá raro, pero... ¿puedes decirnos dónde estabas anoche?

—Buenos días, Ronnie Anne. ¿Qué tal, Sid? —dice mi tía, distraída—. ¿Anoche? Bueno, estaba pintando retratos de tu abuela para mi próxima exposición.

Miro alrededor de la sala y no veo ningún cuadro, solo caballetes.

—¿Dónde están los cuadros? —pregunto, esperando atraparla en alguna mentira.

—Ese es el problema —dice mi tía, con lágrimas en los ojos—. ¡Me desperté esta mañana y habían desaparecido!

Las lágrimas me parecen convincentes y, de ser reales, no quiero angustiarla más.

—Tía, siento lo de tus cuadros, pero me parece sospechoso que falten las pruebas de tu coartada —digo, con la esperanza de haber hallado al culpable.

—Te juro que estaba pintando. Si no me crees, podemos preguntarle a tu abuela. ¡La estaba pintando a ella!

¡*Glup!* ¡De ninguna manera!

—¿Sabes, tía? Te creo —respondo—. ¡Y deseo que encuentres tus cuadros pronto!

Mi tía señala a mi tío Carlos, que está tumbado en la cama mirando al techo. Mi tío es muy hablador, así que si se llevó el pastel, lo dirá tarde o temprano. Le pregunto por lo que hizo anoche y comienza a hablar.

—Bueno, tuve que acostarme temprano. Los niños me lastimaron la espalda. Pero debería agradecerles, ya que desde la cama se ve muy bien la habitación. Normalmente me acuesto y me duermo enseguida, pero anoche me puse a pensar en los orígenes del papel de empapelar paredes.

—Espera, tío —digo, interrumpiéndolo. Necesito que hable, no que me dé una lección—. ¿Sabes si alguien de este apartamento se comió el pastel de tres leches?

—¿El pastel? No que yo sepa, pero déjame contarte la fascinante historia del tres leches…

—¡Gracias, pero tengo que irme! —digo.

Sid y yo salimos corriendo antes de que empiece de nuevo.

—Esto está tardando demasiado —le digo a mi amiga—, y todavía faltan mis primos.

—Tal vez debamos dejarnos de tanta palabrería e ir al grano, ¡hacer preguntas directas!

—Estoy dispuesta a intentarlo —digo. Me dirijo al cuarto de Carlota y toco a la puerta—. ¡Oye, Carlota!

—¡Hola, prima! Por favor, entra.

Carlota está colocando diferentes atuendos en la cama. A juzgar por la disposición de su trípode, supongo que muy pronto transmitirá un vídeo en vivo. Bien, tal vez eso ayude a distraerla y responda mis preguntas. Sid me da un empujoncito.

—Carlota, ¿te comiste el pastel anoche? —pregunto.

—¡Sí! Estaba delicioso —responde mi prima, sin apartar la vista de la ropa que está sobre la cama.

¡Sid tenía razón! ¡Hacer preguntas directas funciona!

—Bueno, para ser sincera —continúa diciendo Carlota—, comí muchos pasteles diferentes. Había un increíble pastel de chocolate y café, otro de cumpleaños hecho con galletitas en forma de osito y…

—Espera, espera, espera —dice Sid—. ¿Te comiste el pastel de tres leches que hicieron tu abuela y Ronnie Anne?

—¿Qué? Para nada, me comí los pasteles en la pastelería nueva que visité con mis amigos. Estaba repleta, tienen un millón de pasteles diferentes. ¡Tendré que llevarlas!

Sid y yo soltamos un gran suspiro. Aunque ambas preferiríamos estar en una pastelería, debemos llegar al fondo del misterio.

—Gracias, Carlota. Quizás otro día —digo, muy frustrada, y salimos de la habitación.

Los siguientes en nuestra lista son Carl y CJ, que están en su cuarto.

—Hola, Carl. Hola, CJ —dice Sid.

—No pensamos hablar —responde Carl, cruzando los brazos.

—Sí, no vamos a decir nada —confirma CJ como un eco.

—¿Eh? —decimos Sid y yo al unísono. Enseguida los ponemos al comienzo de la lista de sospechosos.

—Ya sabemos que les están preguntando a todos qué hicieron anoche. Solo diremos que no sabemos quiénes rompieron los cuadros de mi mamá por estar practicando lucha libre en lugar de estar durmiendo.

Probablemente estos dos no sean los ladrones del tres leches, pero son igualmente culpables.

—De hecho, Carl —dice Sid—, solo queremos saber qué le pasó al pastel.

—¿Y qué hay de las pinturas de mi tía? —pregunto.

—Eh… nada —dice CJ, tratando de cambiar el tema.

Pero justo en ese momento se escucha un grito en la sala.

—¡Mis cuadros!

—¡No nos han visto! —exclama Carl, y nos empuja a Sid y a mí fuera del cuarto.

Mi amiga niega con la cabeza.

—Otro callejón sin salida.

—Sí, y esos dos no vivirán para contarlo cuando mi tía sepa que fueron ellos

los que rompieron las pinturas —digo.

Sid suelta una carcajada.

—¡Tienes razón, Ronnie Anne! Pero si no fueron ellos quienes se robaron el pastel, ¿quién fue?

—Bueno, me queda un primo, pero ese casi no habla.

Unos minutos después Carlitos y yo estamos mirándonos fijamente, como si estuviéramos en un concurso en el que no se puede pestañear. Mi primito está sentado encima de Lalo, el perro, por lo que estamos a la misma altura.

—Carlitos, ¿fuiste tú? ¿Te robaste el pastel de tres leches? —pregunto sin pestañear.

Mi primito inclina la cabeza y yo inclino la mía sin dejar de mirarlo, pero después de un minuto siento los párpados pesados y, finalmente, cedo y pestañeo. Carlitos se ríe.

—No sé qué quiso decir —dice Sid—. ¿Se robó el pastel?

—Me gustaría saberlo, pero no hay manera de hacerlo hablar. Por otro lado, está muy limpiecito. Si se hubiese comido el pastel, estuviese hecho un desastre. No creo que sea el ladrón.

Sid y yo nos sentamos en la escalera del edificio.

—Bueno, hemos perdido la mañana —digo, molesta.

—No estoy tan segura. ¡Sabemos que abrieron una pastelería nueva! —dice Sid, riéndose.

No puedo evitar reírme yo también. Aunque esté molesta, es agradable saber que mi amiga me apoya al cien por ciento.

—Discúlpenme, chicas —dice una voz.

Es el Sr. Nakamura, uno de los vecinos de arriba. Sid y yo nos hacemos a un lado para dejarlo pasar.

—¿Sabes, Ronnie Anne? —dice Sid de pronto—. Quizás no fue ningún miembro de tu familia el que se llevó el pastel. Tal vez fue otra persona en el edificio.

—¿Tú crees?

—Por la forma en que tú y tu abuela hablan de esa receta, cualquier cosa es posible. Pero no será tan fácil interrogar a la gente. Carl y CJ sabían en qué andábamos. Tenemos que ser más discretas. Necesitamos un plan.

5

SID Y YO ESTAMOS PARADAS junto al refrigerador cerrado en el apartamento de mi amiga.

—Sabes, Sid, confío en ti. Sé que no te robaste el pastel —digo.

—Claro que no, Ronnie Anne, pero ¿se puede confiar en mi familia? Esta es la única manera de no estar en la lista de sospechosos.

Sid agarra la manilla del refrigerador y cierra los ojos. Luego abre la puerta.

—¡Uf! —dice, dejando escapar un suspiro de alivio—. No hay ningún pastel.

—¿Están buscando algo de comer? —pregunta Becca, la mamá de Sid.

—No. Estamos buscando un pastel que ha desaparecido. Tenía que asegurarme de que ni tú, ni papá, ni Adelaida se lo robaron.

—Bueno, no sé qué opinar del hecho de que pienses que somos una familia de ladrones. No obstante, hemos estado ocupados toda la mañana construyendo un corral techado para la fiesta en la azotea del edificio —dice Becca.

—¿Un corral? —pregunto.

—¡Para el zoológico de animales exóticos que tendremos!

La mamá de Sid trabaja en el zoológico y

casi todos los fines de semana lleva a casa un animal que esté ayudando a rehabilitar.

—Bueno, tengo que volver a subir —dice Becca—. Sid, recuerda que prometiste que ayudarías. Cuando terminemos con el corral necesitamos ayuda para bañar a los canguritos.

—Ya sé, mamá. Déjame investigar un poco más con Ronnie Anne.

—Está bien. Nos vemos más tarde.

Sid se vuelve hacia mí.

—Las personas del apartamento 3A han quedado libres de sospecha. ¿Quiénes son los siguientes? —pregunta.

—Probablemente la Sra. Flores y Alexis. Pero no podemos entrar en los apartamentos de los vecinos pidiendo ver el interior de sus refrigeradores.

—Tienes razón —dice mi amiga—. Y por supuesto no nos dejarán entrar si fueron ellos los que se robaron el pastel.

Hum. Pensamos durante unos minutos y entonces se me ocurre una idea.

—¡Tengo un plan!

★ ★ ★

—¿Lista? —me pregunta Sid.

Asiento y empiezo a bailar. Salto de un pie a otro y subo los hombros hasta las orejas una y otra vez.

—¿Qué crees?

—¡Lo haces muy bien! —dice Sid, y llama a la puerta del apartamento de la Sra. Flores.

Un momento después su hijo Alexis abre la puerta.

—¡Hola, Sid y Ronnie Anne!

—Ho-hola, Alexis —tartamudeo—. ¿Puedo usar el baño? Sergio estaba usando el inodoro del nuestro como si fuera su spa personal.

—Le encanta estar metido en el inodoro cuando descarga —dice Sid.

—Así mismo —digo—. Pero se le trabaron las plumas y ahora está atascado. Mi abuela lo está desatascando en estos momentos. Verás, tomé mucho jugo de naranja en el desayuno y…

—¡Pasa! ¡Pasa! —dice Alexis, haciéndose a un lado.

Comienzo a caminar de prisa en dirección al baño mientras Sid entretiene a Alexis.

—Entonces, ¿vas a la fiesta de esta noche? —le pregunta ella.

—¡Por supuesto! ¡Incluso estoy practicando una nueva canción en la tuba para tocarla!

Al ver que Alexis no me está prestando atención, tomo rumbo a la cocina y abro la puerta del refrigerador. No veo ningún tres leches, y es un alivio saber que mis vecinos no andan por ahí robándose pasteles. Voy al baño y descargo el inodoro. Poco después Sid y yo nos despedimos.

—¿Viste algún pastel? —pregunta mi amiga una vez que Alexis cierra la puerta.

—Para nada —digo—. ¡Continuemos!

Le cuento la misma mentira de que tengo que ir al baño a cada uno de nuestros vecinos. Entro y salgo del apartamento del Sr. Nakamura en un abrir y cerrar de ojos, pero no antes de que él haga que Nelson, su perro, nos muestre uno de los trucos que piensa hacer en la fiesta. La Sra. Kernicky no está en casa, probablemente esté en la clase de yoga. Además, siempre está tan ocupada haciendo ejercicio para estar en forma que dudo que se haya robado el pastel.

En el último apartamento del cuarto piso viven Miranda y Georgia. Una vez dentro, tengo que usar el baño de verdad, pero cuando termino le echo un vistazo al refrigerador: ni rastro del pastel.

—¿Por qué tardaste tanto? —me pregunta Sid cuando regreso—. ¡Mientras te esperaba me hicieron llevar bolsitas de frijoles a la azotea para uno de los juegos de esta noche!

—Lo siento —digo, sintiéndome derrotada—. No vi el pastel por ninguna parte.

¿Crees que este sea el final? ¿Nos rendimos?

—Todavía no —dice mi amiga, tratando de levantarme el ánimo—. Se me ha ocurrido otra idea, pero no la tengo muy clara.

—¿De qué se trata?

—Hasta ahora hemos pensado que si un vecino se robó el pastel lo haya escondido en el refrigerador pero, ¿y si se lo comieron y la prueba está en la basura?

—Ya había pensado en eso, ¡y revisé la basura de todos! —digo.

—Ronnie Anne, ¿no crees que debemos pensar en grande?

Ay, no.

6

ESTOY EN MEDIO DEL contenedor de basura y me alegra haber decidido almorzar *después de* esta inmersión tan asquerosa. Los trajes protectores que Sid y yo inventamos con impermeables, bolsas plásticas, gafas y mucha cinta adhesiva nos aíslan de las cosas asquerosas, pero aun cuando no puedo oler lo que me rodea, ver los restos de comida de cerca me da náuseas. Y me temo que, si vomito, mi traje protector funcione tan bien que mantenga el vómito dentro así como mantiene la basura fuera.

—Hola, Ronnie Anne —dice Sid, asomando la cabeza entre bolsas plásticas—. ¿Estás bien?

—Estaré bien cuando salga de aquí. Todavía no he visto ningún molde de hornear —digo, cerrando una bolsa de basura y pasando a la siguiente—. ¿Y tú?

—Nada de nada.

Sid toma otra bolsa, y de pronto algo me resulta familiar…

—¡Cuidado! ¡Esa bolsa está llena de los pañales de Carlitos! —grito.

Tomo impulso apoyándome a un lado del contenedor y salgo disparada hacia mi amiga. La agarro antes de que abra la bolsa.

Nos caemos hacia atrás y nos hundimos aun más en el contenedor.

—Gracias, Ronnie Anne —dice Sid—. ¡Me salvaste por un tilín!

La escucho, pero no la veo. Estoy tan profundamente metida en el contenedor que no veo la luz del sol. Sin embargo, aunque parezca raro, veo luces que vienen de abajo.

¿Qué podrían ser? Me sumerjo más en la basura y, después de hacer a un lado unas cuantas bolsas, llego a una cavidad en el fondo del contenedor. Por alguna razón, aquí hay luces de Navidad colgadas y encendidas. ¿Qué demonios…?

—Eh… ¡perdón!

Se trata de Sergio. Está sentado en una mesa improvisada hecha con basura. A su lado está su amigo Sancho, la paloma.

Un segundo después Sid me cae encima.

—¡*UUF!* —suelto.

—Lo siento, Ronnie Anne. Espera, ¿qué es eso?

—¡Este es nuestro restaurante exclusivo! —grazna Sergio.

En efecto, él y Sancho tienen delante platos pequeños con sobras de comida de la semana pasada.

—Puaj, ¿te vas a comer eso? —pregunto.

—Oye, yo no voy a tu basura y critico tu comida, ¿verdad? —responde el loro.

—Sergio —dice Sid, tratando de mantener la paz—, se ve… apetitoso. ¿Comerán pastel de tres leches para el postre?

—¡Ojalá! —exclama Sergio—. Sería el complemento perfecto para esta comida de cuatro platos. Créeme, si hubiera una pizca de tres leches en este contenedor, ¡lo celebraría durante semanas!

—Qué bueno saberlo —dice Sid.

—Ahora, si nos disculpan, ¡nuestro almuerzo se está poniendo rancio!

Sid y yo nos miramos y asentimos antes de dejar a Sergio tranquilo. Un minuto después nos encontramos en la parte superior del contenedor de basura.

—Bueno, podemos descartar la idea de que alguien haya tirado el molde del tres leches —dice Sid, quitándose el traje protector y dejándolo en la basura.

—Sí —digo, quitándome también el traje y saliendo del contenedor—. Pero entonces, ¿dónde está el dichoso pastel? Nadie de mi familia se lo robó y tampoco los vecinos. Un pastel no desaparece así como así. A no ser que se lo llevasen unos alienígenas comedores de pasteles.

—Ronnie Anne...

—Tienes razón. Lo más probable es que fuese un montón de ratas de alcantarilla.

—Ronnie Anne, creo que es hora de que se lo digas a tu abuela —dice Sid—. Confiesa que no vigilaste el pastel como debías. Tal vez puedan hornear otro antes de esta noche, mientras haya tiempo.

—Sid, ¡eres un genio!

—Vaya, me alegro de que estés de acuerdo. Me preocupaba que no quisieras decírselo.

—Oh, no sobre eso. Definitivamente no se lo voy a decir —digo—. ¡Pero puedo hacer otro pastel! ¡De esa manera mi abuela nunca sabrá lo que pasó!

Mi amiga tenía razón, no me quedaba mucho tiempo. Y aunque la receta decía que lo ideal era que el pastel de tres leches pasara la noche en el refrigerador, me imaginé que unas cuantas horas serían suficientes.

—Todavía deben de estar todos los ingredientes en la cocina. ¡Tú y yo podemos prepararlo en poco tiempo!

—Muy bien, Ronnie Anne, ¡hagámoslo!

Había sido una mañana verdaderamente estresante, por no decir otra cosa, pero con Sid a mi lado podía enfrentar cualquier problema. Entonces sonó el teléfono de mi amiga.

—Es mi mamá. Dame un minuto

—dice, y contesta—. Hola, ¿qué pasa?

Mientras Sid habla con su mamá, me acuerdo de que aún no le he contestado el mensaje a mi papá sobre lo que debería llevar a la fiesta. Sin embargo, tengo que concentrarme en lo que tengo por delante. Debería poder hacer otro pastel en una hora más o menos. Si llamo a mi papá después de eso, aún le dará tiempo de comprar algo para llevar.

—Malas noticias, Ronnie Anne —dice Sid al colgar—. Mi mamá necesita ayuda en la azotea. ¿Podrás hacer el pastel sin mí?

Pienso por un momento. Podría hacer el pastel yo sola, pero cuanto más tiempo pase en la cocina, más probable será que mi abuela me pille. Voy a necesitar ayuda.

Justo en ese momento escuchamos a

alguien llorando desconsoladamente cerca de la entrada del edificio. Sid y yo nos volteamos y vemos a mi tía Frida llevando sus cuadros destrozados al contenedor de la basura.

—Hola, tía —le digo—. Encontraste los cuadros, pero, ¿qué les pasó?

Mi tía comienza a lamentarse.

—Yo… —dice entre sollozos—. Los encontré… —Más sollozos—. Los encontré detrás del sofá —dice finalmente.

Por si no te has dado cuenta, mi tía es una persona demasiado sensible. Eso antes me preocupaba mucho, pero he aprendido que ser tan sensible es precisamente lo que la inspira a pintar. *A pintar…* eso me da una idea.

—Lo siento mucho, tía —le digo—. Pero,

¿por qué no pintas una nueva serie de cuadros? ¿Algo que capture el dolor que sientes? ¿Quizás abuela quiera modelar de nuevo?

Los sollozos de mi tía Frida son reemplazados por resoplidos.

—Sabes, Ronnie Anne, no me parece una mala idea.

—¡Es una excelente idea! —respondo—. Y deberías comenzar ahora mismo. Estoy segura de que a abuela no le tomaría más de una hora más o menos modelar para ti.

Sid se ríe. Se da cuenta de lo que estoy tramando.

—¡Eso haré! —dice mi tía—. Y tal vez incluso pueda mostrar algo de lo pintado esta noche en la fiesta —añade, y se apresura a entrar.

—¡Bien hecho, Ronnie Anne! —exclama

Sid—. Ya ganaste algo de tiempo en la cocina. Siento de nuevo no poder ayudarte.

—Ya has sido de gran ayuda —digo—. Y se me ocurre quién me podría ayudar a hornear…

7

—DIME DE NUEVO, ¿por qué tenemos que ayudarte? —pregunta Carl mientras mezcla los ingredientes húmedos en un cuenco de metal. Revuelve tan rápido que la mezcla de huevos y leche empieza a salpicar fuera del cuenco.

—Porque si no lo hacen les diré a su mamá que fueron ustedes quienes destruyeron sus cuadros —respondo, apartando la receta del tres leches de mi abuela para que no se ensucie—. Y ¡¿podrías revolver más despacio?!

Vuelvo a mirar la receta y leo la siguiente línea en voz alta.

—Bien, CJ, necesitamos una taza y tres cuartos de harina.

Mi primo toma la taza de medir y la llena de harina sin asegurarse de que contenga la medida exacta.

—¡Una taza de harina! —dice, y la vierte en el cuenco para los ingredientes secos. Luego toma el recipiente de un cuarto para medir el resto de la harina.

A pesar de la manera errática en la que Carl mezcla los ingredientes, las cosas van bastante bien. A este ritmo tendremos un segundo pastel en el horno en poco tiempo. No puedo creer que no se me haya ocurrido esto antes.

Sin embargo, hay un pequeño problema. La receta dice que debo añadir a la mezcla un cuarto de cucharadita del "ingrediente secreto". Además de que le da al pastel un toque picante y que no es un ingrediente habitual en un postre, no tengo ni idea de qué es. Pensé que abuela lo habría anotado en la receta, pero seguramente es uno de esos secretos que guarda bajo llave. Eso sí, trató de decirme qué era. *¡Uf!* Me maldigo por no haberle prestado más atención.

—¿Qué sigue, Ronnie Anne? —pregunta CJ.

Le leo la lista restante de los ingredientes. Si no sé cuál es el "ingrediente secreto" tendré que adivinarlo.

Abro el gabinete en el que mi abuela buscó el famoso ingrediente y miro alrededor. Hum. La mezcla ya tiene canela. Veo ajo en polvo, comino, orégano… y ninguno de esos me parece adecuado. Hay salsa de tabasco, chile en polvo, cayena y muchas otras especias con etiquetas difíciles de leer. ¿Cuál de ellas es la que hace que el tres leches sepa picante y mucho mejor? Cierro los ojos, meto la mano y saco la salsa picante. No queda de otra.

—Bien, CJ, necesitamos un cuarto de cucharadita de esta salsa. Añádesela al cuenco de Carl.

Una vez que ya tenemos todos los ingredientes mezclados, cada uno prueba la mezcla. Es dulce, pero le falta el toque picante.

—Tal vez no era la salsa picante —digo.

—¡O quizá necesitemos más! —dice

Carl, tomando la botella y vertiéndola directamente en la mezcla.

—¡Carl! —exclamo, arrebatándole la botella. La salsa picante baña la mezcla, que no se ve muy apetitosa—. Bueno… habría que mezclarla también.

Mientras CJ y Carl terminan de mezclar, leo en la receta cómo hacer la mezcla de tres leches. Sí, es cierto. Necesito tres tipos de leche: condensada, evaporada y crema de batir. Una vez más abro uno de los gabinetes de la cocina y me doy cuenta de que tenemos un problema.

—¡No tenemos más leche evaporada!

—Nadie quiere un pastel de dos leches —bromea CJ.

Carl suelta una risotada, pero no tengo tiempo para sus payasadas.

—Voy al mercado a ver si tienen leche evaporada. ¡Ustedes terminen de mezclar!

—¿Podemos al menos probar la mezcla? —suplica Carl.

—¡Está bien! ¡Pero solo una vez para asegurarse de que sabe picante! Y más vale que sea solo una vez, ¿lo prometen?

—Lo prometemos —responden ambos.

Un segundo después salgo por la puerta y corro al mercado. No confío en Carl y en CJ del todo, pero si regreso enseguida nada malo puede pasar, ¿no es cierto?

8

EL MERCADO está en la planta baja del edificio de apartamentos. Mi abuelo es el administrador, pero Bobby también trabaja allí. Es un mercado pequeño, pero siempre tiene de todo. Es muy conveniente vivir encima de una tienda de comestibles, sobre todo si tienes descuento familiar.

Llego al mercado y saludo a mi hermano, que está detrás del mostrador.

—Hola, Bobby.

—Hola, Ronnie Anne, ¿qué te trae por aquí?

—Necesito leche evaporada.

—¡Está en el segundo pasillo! —exclama, antes de enterrar la cabeza en unos papeles.

No sé en qué anda, pero me imagino que debe de ser algo relacionado con el negocio. Desde que se mudó a Great Lakes City, Bobby vive para trabajar.

No tardo mucho en encontrar la leche evaporada y, por suerte, consigo la última lata. Pero...

—¡Oye, Bobby, no tiene precio!

—Gracias por decírmelo, Ronnie Anne —dice mi hermano, y se acerca por el pasillo con su fiel pistola de poner precios en la mano.

Miro los demás productos que están en

los estantes y me doy cuenta de que NINGUNO tiene precio.

—¿Acaso no trabajas? —le pregunto a Bobby.

—Necesito que me filmes —dice.

—¿Cómo? ¡No tengo tiempo para eso!

—Por favor, Ronnie Anne, ¡pagaré por la leche evaporada si lo haces!

—Está bien —digo. Perderé más tiempo si me pongo a discutir con él—. ¿Y qué es lo que necesitas que filme y qué tiene que ver eso con los precios?

Bobby levanta los papeles que estaba leyendo y que ha traído consigo hasta el pasillo.

—Hice un mapa con todos los productos del mercado y me aprendí de memoria cada uno de los precios.

—¿Y…?

—Inventé una coreografía para ir bailando por la tienda poniéndoles precio a todos los productos. Quisiera que me grabaras para mostrar el video en la fiesta. Y también para enviárselo a Lori, ya sabes que celebramos un aniversario muy especial esta noche.

—Bobby, si dejas de hablar de Lori y empiezas a bailar, pagaré la mitad del precio de la leche evaporada.

No puedo seguir perdiendo el tiempo.

—Está bien —dice, y me pasa el teléfono—. Pero déjame preparar el ambiente.

Bobby va hasta la parte trasera del mercado y abre de una patada todas las neveras. Una niebla helada se extiende por los pasillos. Luego se dirige a dos interruptores. Primero apaga las luces y luego enciende las luces láser, que enseguida comienzan a rebotar por toda la tienda. Tengo que admitirlo, el mercado se ve espectacular.

—Muy bien, empieza aquí —dice mi hermano, y se agacha detrás del mostrador.

Presiono el botón de GRABAR y enseguida comienza a escucharse una música. No reconozco la canción, pero tiene ritmo y no puedo evitar empezar a bailar.

Bobby salta encima del mostrador y da una vuelta, a la vez que le pone el precio a unos dulces con la pistola de poner precios. Se baja del mostrador y baila por el pasillo. ¡Entonces se pone a cantar!

—Goma de mascar por unos centavos, y

por unos pocos dólares, un melón y unos nabos…

Enseguida va hasta las neveras, y la niebla helada que despiden refleja las luces láser. Por un momento me olvido de que estoy en el mercado y siento que estoy en un concierto.

—¡Vamos, Bobby! —grito, pero entonces recuerdo que estoy grabando.

Mi hermano va de nevera en nevera bailando y girando, poniendo etiquetas en todos los productos y cerrando las puertas tras de sí.

Finalmente llega al último pasillo y etiqueta mangos, plátanos y naranjas. Termina de bailar en una posición muy dramática, apuntando al aire con la pistola de poner precios, que lanza una lluvia de papelitos como si fueran confeti en el momento en que la música culmina.

—¡Bravo! ¡Bravo! —grito, y le devuelvo el teléfono.

—Gracias, Ronnie Anne. Aquí está esa lata de leche evaporada.

Me da la lata y miro el precio.

—¡¿Veintidós dólares?! ¡Incluso a mitad de precio es un mal negocio!

—Espera, ¿veintidós dólares? ¡Eso no está bien! La leche evaporada cuesta dos dólares con sesenta y cinco centavos. —Bobby empieza a sacar frenéticamente los productos de los estantes—. ¡Ay, no! Debo de haberlos contado mal. Todos los precios están incorrectos. ¿Crees que me puedas echar una mano?

Salgo por la puerta del mercado antes de contestar.

★ ★ ★

Nada más entrar en la cocina se me cae la lata de leche evaporada, que rueda hasta detenerse a los pies de CJ. Mis primos están en el suelo, recostados a los gabinetes de la cocina y con la barriga afuera. A su alrededor hay restos de mezcla de pastel y entre ambos está el cuenco de la mezcla totalmente vacío.

—¡¿Qué pasó?! —grito, aunque me lo imagino.

Los dos se ponen a gemir por respuesta.

Después de unos segundos, Carl logra murmurar unas palabras.

—Probamos un poco mientras esperábamos, pero no nos pareció lo suficientemente picante; así que añadimos más salsa. Y luego probamos otro poco.

—Y otro poco más —añade CJ.

—Por favor, díganme que el resto está en el horno —pregunto, aunque sé que es una posibilidad remota.

Ambos niegan con la cabeza.

—Quizá sea mejor, Ronnie Anne —dice CJ entre gemidos—. He probado la mezcla del pastel de tres leches de abuela y no creo que la salsa picante fuera el ingrediente secreto.

Tal vez tenga razón. Aunque esté muy molesta sé bien que ese pastel nunca habría quedado como el de mi abuela.

—Ronnie Anne —dice Carl—, ¿le vas a contar a mamá lo de los cuadros?

Los miro a los dos. Están sudados y embarrados de pie a cabeza por la cantidad de mezcla con salsa picante que han comido. Eso me parece suficiente castigo.

—No, su secreto está a salvo conmigo. Pero *tendrán* que limpiar el reguero.

—Gracias, Ronnie Anne —dice Carl antes de desmayarse encima del cuenco vacío.

Voy a mi cuarto y me dejo caer en la cama. Sigo sin pastel y solo faltan unas horas para la fiesta. De pronto no sé qué hacer: no encuentro el pastel de tres leches y no puedo hacer uno. Entonces, de repente, me pongo de pie.

—¡Puedo comprar un pastel tres leches!

9

—¡Y ESO ES TODO por hoy sobre la moda del verano! Gracias por la atención y... ¡RONNIE ANNE!

Ay. Doy un paso atrás y cierro la puerta de la habitación de Carlota después de hacer una aparición muy breve en el último video en vivo de mi prima. No quiero que se moleste conmigo porque necesito que me lleve a la nueva pastelería.

Unos segundos después Carlota abre la puerta y me mira fijamente.

—Lo siento, la próxima vez tocaré antes de entrar —digo, y sonrío de oreja a oreja.

—Está bien —dice Carlota soltando un suspiro y dejándome pasar—. Y no te preocupes, a los espectadores les gusta que los videos no sean perfectos. Con suerte tu aparición se hará viral. —Carlota se sienta en la cama y me hace un gesto para que me acerque—. ¿Qué te pasa? —pregunta.

Le cuento lo sucedido: la desaparición del tres leches, su búsqueda, el intento de hornear un nuevo pastel y lo que necesito urgentemente.

—¿Crees que en la pastelería a la que fuiste vendan tres leches?

—Déjame ver —dice Carlota, y saca el

teléfono—. Parece que hoy es tu día de suerte, Ronnie Anne. Tienen un pastel de leche triple.

—¿De leche triple?

Mi prima se encoge de hombros.

—Seguro que es el mismo pero con un nombre diferente, más chévere.

—¡Me parece bien! —Agarro a Carlota por el brazo y la arrastro hasta la puerta—. ¡Tienes que llevarme a esa pastelería ahora mismo!

★ ★ ★

Carlota me lleva a una estación del GLART a unas pocas cuadras del edificio.

—Cuatro paradas en el metro y *voilà*, ¡tendremos el pastel!

Mientras bajamos las escaleras de la estación, mi teléfono empieza a sonar.

—¿Quién te llama?

—Es mi papá. Lleva todo el día tratando de comunicarse conmigo para saber qué debe llevar a la fiesta.

Respondo la videollamada, pero a medida que Carlota y yo nos adentramos en la estación el audio empieza a cortarse.

—Date prisa, el tren ya está aquí —dice Carlota al llegar al andén.

—Hola, Ranita… ¿alguna idea? —pregunta la cara estática de mi papá.

La llamada se desconecta. Voy rápidamente a mis mensajes de texto y le respondo: *No puedo hablar. Necesito tres leches.*

Siento un poco de culpa por no haber ayudado antes a mi papá, pero debo concentrarme en mi problema.

Muy pronto Carlota y yo nos bajamos del

metro y salimos de la estación, que está justo delante de la pastelería "Pasteles adorables".

—¡Llegamos! —dice Carlota—. Tomémonos un selfi delante del lugar. ¿Ronnie Anne?

No puedo contener la emoción y entro de una vez a la pastelería. Debería habérseme ocurrido esta idea hace horas. Me dirijo al mostrador y uno de los empleados me recibe con una sonrisa.

—¡Hola! ¿Qué tal? ¡Pareces lista para uno de nuestros pasteles adorables!

—¡Por supuesto! ¿Tienen de leche triple? Quiero decir, tres leches o…

El empleado me interrumpe.

—¿Leche triple? Por aquí —dice, y se pasea por detrás de la vitrina.

Al ver tantos dulces se me revuelve el

estómago. Hay muchísimos, pero todos son redondos y pequeños.

—¿Quieres uno o una docena? —dice el empleado.

—¿Son todos magdalenas? —pregunto, con el corazón apesadumbrado.

—¡No son magdalenas, son pasteles pequeñitos! —exclama Carlota justo detrás de mí.

—¡¿Pasteles pequeñitos?! —gimo, antes de deslizarme por la vitrina y dejarme caer al suelo totalmente vencida—. ¿No tendrá por casualidad pasteles de tamaño normal? —pregunto sin levantar la vista.

—No, nuestros pasteles son siempre pequeñitos y adorables.

Carlota intenta arreglar la situación.

—Ronnie Anne, puedes comprar una docena y unirlos.

Me doy la vuelta y miro fijamente a mi prima.

—Sí… pero mi abuela no se tragará el embuste.

Ya está. No hay nada más que hacer. Regresaré a casa con una bandeja de pastelitos adorables y mi abuela no querrá saber nunca más de mí. Sin levantarme del piso comienzo a arrastrarme hacia la puerta. No me importa que el suelo esté lleno de migajas de dulce. Me merezco eso y mucho más.

—Siempre puedes probar en la panadería mexicana de al lado —dice de pronto el empleado.

—¡¿En la qué?! —Me levanto tan rápido que me golpeo la cabeza con una mesa—.

Ay. —Cuando finalmente me recupero, vuelvo a preguntar—: ¿Me está diciendo que hay una panadería mexicana al lado? —Me volteo a mirar a Carlota—. ¿Y me trajiste a "Pasteles adorables"?

Carlota se encoge de hombros.

—Dijiste que querías venir a la pastelería de moda…

—Gracias —grito, y salgo corriendo.

Efectivamente, justo al lado hay un pequeño negocio con un cartel viejo que dice: PANADERÍA, PASTELES PARA TODA OCASIÓN.

Abro la puerta y me recibe el dulce olor de los pasteles. El lugar está prácticamente vacío, pero hay vitrinas y neveras junto a las paredes. *Estoy aquí buscando un pastel*, pero no está de más ver qué otras cosas venden. A estas horas de la tarde casi todas las vitrinas están vacías. Sin embargo, aún quedan unas cuantas conchas suaves, rosadas y marrones, en bandejas azules. También veo orejas doradas crujientes esperando que alguien las compre. La boca se me hace agua y me limpio las comisuras de los labios con una manga.

—Hola, niña —dice un señor mayor que está detrás del mostrador—. ¿Qué deseas?

—Hola, ¿tienen tres leches?

Asiente con la cabeza y señala una nevera en la esquina. Corro y presiono la cara contra el cristal. Justo ahí, en el estante inferior, hay un pastel de tres leches. Está adornado con merengue, fresas y canela, justo como lo adorna mi abuela. Es una visión tan hermosa que me pongo a llorar, y las lágrimas

comienzan a congelarse al tocar el cristal.
¡Ay, ay, ay!

—¡Lo encontraste! —dice Carlota.

—Anjá —digo, y abro la nevera.

El majestuoso pastel de tres leches parece estar esperándome.

Llevo el pastel al mostrador y saco el monedero.

—¿Cuánto cuesta? —pregunto, pero justo en ese momento oigo el estómago de Carlota rugir al otro lado de la panadería.

Mi prima no le quita la vista de encima a las conchas; así que cambio ligeramente la pregunta.

—¿Cuánto cuestan el pastel y dos conchas?

Cinco minutos después Carlota y yo estamos sentadas en el metro con el pastel de tres leches entre nosotras. Cada una tiene una concha en la mano. Por primera vez en todo el día empiezo a relajarme. Ya sé que el pastel solo se parece al de mi abuela y que aún tengo que ver qué hacer para que tenga un toque picante, pero al menos la peor parte ya ha pasado.

10

—¿LO LLEVARÁS A LA FIESTA así mismo?
—me pregunta Carlota afuera del edificio.

Miro la caja de cartón que contiene el
pastel y me doy cuenta del problema. Si
lo llevo a la azotea dentro de la caja todos
se darán cuenta de que lo compré. Aunque
fue en una panadería de verdad, sigue siendo
comprado.

—Carlota, te agradezco que me lo digas
pero, ¿no se te pudo haber ocurrido eso en

el metro? —refunfuño. Hasta ahí duró la relajación.

—Estoy segura de que lo resolverás —dice mi prima, y entra al edificio—. Ahora, si me disculpas, tengo que cambiarme para la fiesta.

—Carlota, espera…

—¡Gracias por la concha! —añade, y cierra la puerta de golpe.

—Está bien, no te preocupes. Solo tengo que llevarlo a la cocina, ponerlo en uno de los moldes para hornear de abuela y llevarlo a la azotea sin que ella me vea. Eso es pan…

—¡Comido!

El graznido me asusta tanto que lanzo el tres leches al aire, pero consigo atraparlo antes de que caiga al suelo. Entonces me volteo.

—¡Sergio! ¿Qué broma es esa?

—Así que encontraste el tres leches desaparecido —dice, con los ojos muy abiertos y relamiéndose el pico—. Aunque… no se parece al pastel de tu abuela.

—No lo es —digo, y suelto un resoplido—. Ahora, si me disculpas, tengo que encontrar la manera de colar el pastel en el apartamento.

—Ronnie Anne, si quieres te puedo ayudar.

Lo miro fijamente a los ojos hambrientos de pastel.

—Sigue…

—Solo necesito presionar unos cuantos interruptores por aquí, gastar unos cuantos puntos de la tarjeta de crédito por allá y tendré a tu abuela persiguiéndome por el

edificio, lo cual te dará el tiempo que necesitas para entrar y salir del apartamento.

—¿Y qué quieres a cambio?

—El primer trozo de pastel —dice,
poniendo cara de lorito triste—. Abuela ya
no me deja comer tres leches porque dice
que me vuelve loco.

Entonces recuerdo que mi abuela dijo
algo sobre Sergio y el pastel de tres leches la
noche anterior. Mencionó un "incidente",
pero no creo que haya dicho nada más.

Sergio me tiende un ala.

—¿Hacemos un trato?

Pongo el pastel en el piso y le agarro el ala.

—Trato hecho.

★ ★ ★

Me escondo en el rellano de la escalera y
espero la señal. Tengo la sensación de que

ha pasado una eternidad y siento que el pastel está empezando a calentarse cuando, de repente, oigo a mi abuela gritar.

—¡¿QUÉ FUE LO QUE HICISTE?!

Un segundo después la puerta de nuestro apartamento se abre y se oye un frenético batir de alas. El aterrador sonido que producen los zapatos de mi abuela persigue a Sergio escaleras arriba.

Corro con cuidado para que no se me caiga el pastel. En cuestión de segundos estoy dentro del apartamento y cierro la puerta. No tengo tiempo que perder: oigo a Sergio y a mi abuela correr por el pasillo y las escaleras. Llego a la cocina, pongo el pastel en la encimera y busco un molde de hornear. Incluso con mi abuela fuera del apartamento, aún tengo un gran reto por delante. Debo meter el pastel en un molde sin que se derrame la leche. Abro la caja y la sostengo justo encima del molde. El sudor se me acumula en la frente. La cocina está completamente en silencio, si exceptuamos los latidos de mi corazón.

Uno, dos, ¡tres leches!

Le doy un golpe por debajo a la caja y el pastel sale volando. Lanzo la caja por la ventana, agarro el molde y...

¡PLAF! El pastel aterriza en el molde perfectamente, salpicándome solo un poquito en la cara. Está delicioso. Limpio el desorden, cubro el pastel con plástico transparente, agarro platos de cartón, un cuchillo para servir y tenedores. Con todo en la mano subo a la azotea, justo a tiempo para el comienzo de la fiesta.

II

CUANDO PONGO el pastel de tres leches en la mesa siento como si me hubiera quitado un peso de encima. Aunque el sol ha empezado a ponerse, siento su calor, y hasta el aire me parece más puro. Todo ha salido bien. Coloco los platos de cartón, los tenedores y el cuchillo en la mesa. Luego busco una silla y me siento. Lo conseguí.

La fiesta está a punto de empezar y casi

todos los invitados están aquí. Miranda y Georgia colocaron las dos tablas que se necesitan para jugar a lanzar las bolsitas de frijoles. Alexis está puliendo la tuba. Estoy acostumbrada a escuchar el sonido de esa cosa en el pasillo, pero me imagino que aquí debe sonar mejor. Todo un rincón de la azotea ha sido dedicado al zoológico temporal de mascotas. Sid y su mamá atienden a los animales. Desde donde estoy veo algunos canguros y, ¿qué es eso? ¿Un koala? Tengo que asegurarme de acariciar a ese koala antes de que termine la noche.

Respiro hondo, satisfecha. Esta noche acariciaré un koala y me comeré un trozo de tres leches dulce, con canela, picante y… ¡*Ay*, el picante!

Estaba tan emocionada por haber encontrado el pastel que olvidé por completo que nos lo íbamos a comer. Y si mi abuela prueba el pastel…

Entonces se me ocurre una idea. Mi abuela no necesita comer pastel.

Salto del asiento y cuento las personas que me rodean. Tengo que cortar y servir el pastel lo antes posible. A mi abuela no le importará mucho no comerlo siempre que la gente diga que estaba delicioso. Inmediatamente corto el tres leches en quince porciones, pero nadie se pone en fila para tomar una, así que decido llevarle yo misma un trozo de pastel a cada invitado.

—Hola, Miranda. Hola, Georgia —digo, acercándome con dos platos de tres leches—. ¿Quieren pastel?

—Oh —dice Georgia—, pensaba guardar mi porción para después…

—¡Yo sí! —dice Miranda, y toma un plato.

—¡RONNIE ANNE!

Me volteo y veo a Sergio sobrevolando a mil por hora la azotea del edificio. ¡Ah, sí! Le prometí el primer trozo.

—Cálmate, Sergio —digo—. Hay más en la mesa.

Pero el loro no me oye. Aterriza, abre el pico de par en par y se come el plato de cartón con el tres leches de Miranda de un solo bocado.

—¡Sergio!

Lo regaño, pero no me escucha. Comienza a cerrar y abrir los ojos rápidamente, agita las plumas frenéticamente y comienza a decir algo que no logro comprender. Me inclino hacia él y entonces entiendo lo que dice.

—Tres leches. Tres. Leches. ¡¡TRES LECHES!!

"Ay, no —pienso—. El incidente".

En un instante Sergio se eleva en el aire, da una voltereta y se lanza en picado. Choca contra el montón de bolsitas de frijoles, esparciéndolas por la azotea. Miranda, Georgia y yo nos agachamos y nos cubrimos. Veo como una de las bolsitas de frijoles termina en la campana de la tuba de Alexis, pero él no la ve y comienza a tocar el instrumento. La cara se le pone roja como un tomate mientras sopla y sopla por la boquilla sin que salga ningún sonido. Respira profundamente y vuelve a soplar hasta que…

¡La bolsita de frijoles sale disparada rumbo al zoológico de mascotas! Rebota en la jaula de los animales, hace tropezar a Sid y derriba a Becca, provocando que se abra la puerta de la jaula de par en par.

Ay, mi madre, ¡los canguros! Sin nada que los detenga, empiezan a saltar y a saltar. Uno va directamente hacia la mesa donde está la comida y salta sobre ella. La mesa se viene abajo y los trozos de tres leches vuelan por el aire. Me parece que se mueven en cámara lenta cada vez más y más alto, más allá de la azotea. Intento ponerme de pie para atraparlos… pero en cuestión de segundos uno por uno comienza a caer por un lado del edificio.

—*¡El pastel de tres leches!* —grito.

—¡MI TRES LECHES! —grazna Sergio, y se lanza en picado detrás de los trozos de pastel.

12

—AY, NO. AY, NO. AY, NO. AY, NO.

Me acerco al borde de la azotea del edificio. Cuatro pisos más abajo está Sergio comiendo tres leches en el suelo.

—*Mija*, ten cuidado no te caigas —dice alguien detrás de mí.

El estómago me da un vuelco cuando me volteo a ver a mi abuela. En la azotea continúa el caos. Sid y sus padres intentan atrapar los últimos animales sueltos, pero a mi abuela eso no parece importarle.

—Perdón, abuela —digo, dando un paso adelante.

Cuando me le acerco, ella se vuelve a mirar la mesa de la comida y alza una ceja.

—Ay, *mija*, ¿no trajiste el pastel?

Los sucesos del día pasan por delante de mis ojos: el pastel desaparecido, la investigación, la búsqueda en el contenedor de basura, la coreografía de baile de Bobby, la mezcla en la panza de mis primos... y la panadería mexicana. Perdí todo el día intentando corregir el error de la noche anterior absolutamente para nada.

Dejo escapar un largo suspiro.

—Abuela, el pastel... —comienzo a decir.

"Este es el final, Ronnie Anne", pienso.

—Anoche olvidé vigilar el pastel de tres leches y, cuando fui a buscarlo esta mañana, había desaparecido. Pasé todo el día tratando de reemplazarlo, pero en lugar de eso debí contarte lo que pasó.

De pronto me siento más ligera. Sé que me espera un gran castigo, pero al menos el sentimiento de culpa ha desaparecido. Miro a mi abuela esperando una respuesta.

En lugar de gritar o agarrar la chancla, se echa a reír.

—¿Qué? —pregunto asombrada. Su reacción me parece incluso más aterradora que cualquier castigo.

—Tienes razón, Ronnie Anne. Estuvo mal que no vigilaras el pastel y debiste decírmelo esta mañana, pero quiero que sepas que el pastel no ha desaparecido.

—¿Cómo?

—¡No, *mija*! Anoche cuando regresé al apartamento lo llevé al mercado. Héctor siempre se levanta a merendar a medianoche, por eso no quería que estuviera en nuestro refrigerador.

—¿Estás bromeando? —pregunto, y no puedo evitar sonreír. ¡El pastel está a salvo!

—Sí, está en la nevera del mercado, a la izquierda en el estante inferior. Ahora ¡ve y búscalo para poder empezar la fiesta!

No necesita decírmelo dos veces. Salgo como un tiro hacia la puerta de la azotea y bajo las escaleras. Paso por el cuarto y el tercer piso pensando en como entré a los apartamentos de mis vecinos y registré sus refrigeradores cuando el pastel estaba todo el tiempo delante de mis narices. Paso por el segundo piso y luego prácticamente bajo de un salto el último tramo de escaleras. Abro la puerta y, ya estoy en el mercado.

—¡Oye, Bobby! —grito, mientras corro por uno de los pasillos hacia la nevera del fondo. La abro de par en par y me agacho.

Allí, en el estante inferior... ¡no hay nada!

Una vez más el pastel de tres leches ha desaparecido.

13

ME QUEDO MIRANDO el estante inferior
hasta que Bobby se acerca y cierra la puerta
de la nevera. Por un momento deseo que me
encierre en ella para no tener que enfren-
tarme a mi abuela. ¿Cómo pudo desaparecer
el pastel? En este mercado no se venden
pasteles de tres leches.

—Oye, mi hermana, la nevera no es
un televisor —dice Bobby—. Estuvo
mucho tiempo abierta esta tarde durante

la coreografía de baile, ahora necesito mantenerla cerrada.

Me golpeo la frente.

—¡La coreografía de baile!

—¿Qué pasa? —pregunta Bobby, volviendo al mostrador.

—¿Puedo ver tu teléfono? —pregunto, siguiéndole los pasos.

—Claro, déjame enviarle un mensaje a Lori y…

Le quito el teléfono de la mano.

—Estoy segura de que puede esperar.

—¡Oye!

Pongo el video que grabé en la tarde y lo detengo en la parte en que Bobby baila delante de la nevera.

—¡Ahí! —grito, y amplío la imagen.

Está borrosa, pero en la parte inferior

de la nevera se ve el tres leches, justo donde mi abuela dijo que estaría. Sigo pasando el video y veo como mi hermano se inclina y… ¡BAM! Le pone precio al pastel.

—Ay, por eso me equivoqué al ponerle el precio a los productos —dice Bobby—. No sabía que ese pastel estaba ahí y le puse precio por accidente. Seguramente fue lo que echó a perder mi cuenta. ¿Y qué pasó con el pastel?

—¿Acaso no lo sabes? —pregunto, mirándolo fijamente. Es posible que mi hermano tenga la inteligencia necesaria para administrar el mercado, pero a veces me preocupa que nunca sepa lo que pasa a su alrededor—. ¿Recuerdas habérselo vendido a alguien?

—¿Un pastel? No me acuerdo. Honestamente he estado tan concentrado en el baile y en Lori que… —Comienza a bailar de nuevo detrás del mostrador—. Luego estuve pensando en mí y en Lori bailando juntos y… ¿Cuál era la pregunta, Ronnie Anne?

—¿Sabes quién compró el pastel?

—Ay, no. Lo siento, mi hermana. Posiblemente nunca lo sepamos.

Bajo la cabeza. Lo que acaba de pasar no es culpa de Bobby por mucho que quisiera. Si le hubiera dicho a mi abuela lo sucedido desde temprano habría venido a buscar el pastel hace rato.

—Adiós, Bobby —digo, y salgo del mercado.

Una vez afuera, en lugar de ir a la azotea

me siento en la entrada del edificio. Pienso que el día de hoy pasará a la historia como uno de los peores de mi vida.

—¡Hola, Ronnie Anne! ¿Me estabas esperando?

Levanto la vista y veo a mi papá. Rápidamente vuelvo a bajar la cabeza. Ay, mi madre, nunca lo llamé.

—Papi —murmuro.

—Ranita, ¿qué te pasa? —dice mi papá, sentándose a mi lado.

—Ha sido un día muy largo. Se suponía que llevara un pastel de tres leches a la fiesta, ¡y justo cuando pensaba que lo tenía me enteré de que Bobby lo vendió!

—Espera —dice mi papá lentamente—. No te referirás a este tres leches, ¿verdad?

Inclino la cabeza para mirarlo y allí, en

sus manos, está el molde de hornear de mi abuela con el tres leches.

—¡Papi! ¡¿Cómo es posible?!

—¿Por qué te sorprendes? Me pediste que lo comprara —dice.

—¿En serio?

Mi papá saca el teléfono y me muestra el mensaje: *No puedo hablar. Necesito tres leches.*

—Pensé que querías que comprara uno. Primero fui a una pastelería cerca de mi casa, pero acababan de vender el último. Por suerte encontré este en el mercado de aquí. Además, ¡solo me costó noventa y nueve centavos! Lo que me recuerda que tengo que pagarle a Bobby. Cuando traté de pagarle anteriormente estaba bailando con un trapeador detrás del mostrador. No quise molestarlo. De todos modos el pastel necesitaba que lo adornaran, así que fui corriendo a mi casa y lo decoré, por eso llegué un poco tarde.

No encuentro las palabras para expresar lo que siento, así que le doy un gran abrazo a mi papá.

—¡Cuidado, Ranita! Vas a hacer que se me caiga el pastel.

—¡Ay, lo siento! —digo, riendo.

Mi papá pone el pastel en el suelo y me devuelve el abrazo.

—Muchas gracias, papi.

—¡Gracias a ti por la sugerencia! Ahora, vamos a la fiesta, ¿eh?

Asiento, y mi papá me da el pastel. Entramos juntos al edificio.

★ ★ ★

—¡Ronnie Anne, esto sabe increíble! —dice Sid, y se lleva a la boca el último pedacito de tres leches.

—Mmmm —murmuran mis vecinos con la boca llena de pastel.

En el plato de Sid no queda absolutamente nada.

—Cualquiera pensaría que un pastel empapado de leche no sabría bien, pero es como si estuviera empapado de helado.

Me llevo a la boca un bocado de tres leches. La descripción que acaba de dar mi amiga no está muy lejos de la verdad. El pastel casi se deshace en la boca, es increíblemente dulce y se le siente el sabor a canela, vainilla y…

Sid deja escapar un flamante eructo.

—¡Vaya, picantito! ¿Qué *le pusieron*, Ronnie Anne?

—Eh, eh… —tartamudeo.

—Es un secreto de familia —dice mi abuela detrás de mí.

—Bueno, es un secreto muy sabroso —dice Sid sonriente—. Me voy a servir de nuevo a ver si puedo averiguar qué es.

Mi amiga se aleja, y me inclino hacia mi abuela.

—Oye, abuela —digo, entre bocado y bocado—, gracias de nuevo por perdonarme.

—*Mija* —dice mi abuela, y me abraza—, es fácil perdonar al que es honesto.

—¿Puedo ser honesta sobre otra cosa?

—Claro.

—No te estaba prestando atención

cuando me dijiste cuál era el ingrediente secreto —digo—. Lo siento.

—Ya lo sé, y te perdono.

—¿Aun así me dirás cuál es?

Mi abuela se inclina y me susurra al oído.

—Una pizca de cayena —dice.

—¡Oh! ¡Eso es mucho mejor que la salsa picante!

—¿Salsa picante? —dice mi abuela, sorprendida. Hace una pausa y añade—: Si ajustamos los ingredientes, apuesto a que tú y yo podríamos hacer que quede bien.

Me llevo otro bocado de pastel a la boca, logro identificar la cayena y suelto un flamante eructo.

—No, no hace falta arreglar lo que es perfecto.

Receta del pastel sorpresa de tres leches de Mamá Lupe

Ingredientes:

Para el pastel:

- 1¾ tazas/225 gramos de harina de trigo
- ½ taza/45 gramos de cacao en polvo de proceso holandés sin azúcar
- 1½ cucharaditas de bicarbonato de sodio
- 1½ cucharaditas de polvo de hornear
- ½ cucharadita de sal marina fina
- 1½ tazas/300 gramos de azúcar granulada
- 1 cucharadita de canela molida
- ¼ de cucharadita de cayena molida o pimienta roja
- 2 huevos a temperatura ambiente
- 1 taza/240 mililitros de leche entera
- ½ taza/120 mililitros de aceite de semilla de uva o cualquier aceite sin mucho sabor
- ½ cucharadita de extracto de vainilla
- 1 taza/240 mililitros de agua hirviendo

Para la mezcla de tres leches:

- 1 lata (12 onzas)/355 mililitros de leche evaporada
- 1 lata (14 onzas)/395 mililitros de leche condensada (reservar 3 cucharadas para hacer el merengue)
- 1 taza/240 mililitros de crema para batir
- 1 cucharadita de extracto de vainilla

Para el merengue de leche condensada:

- 1 taza/240 mililitros de crema para batir, refrigerada
- ½ cucharadita de extracto de vainilla
- 1 cucharadita de canela, y un poco más para decorar
- Fresas cortadas en lonjas para decorar

Se requiere la supervisión de un adulto.

Instrucciones:

1. Caliente el horno a 350°F. Engrase el fondo de un molde para pasteles de 9 por 13 pulgadas (preferiblemente de metal), dejando un borde de ¼ de pulgada sin engrasar. No engrase los lados del molde.

2. Cierna la harina, el cacao, el bicarbonato, el polvo de hornear y la sal en un cuenco grande. Añada el

azúcar, la canela y la cayena y mézclelo todo.

3. En otro cuenco grande bata los huevos, la leche, el aceite y la vainilla hasta que se combinen. Añada poco a poco los ingredientes húmedos a los secos y bata hasta que no queden grumos y la masa sea homogénea. Vierta con cuidado el agua hirviendo y revuélvalo todo hasta que se mezcle.

4. Vierta la mezcla en el molde preparado. Hornee en el centro del horno hasta que un palillo de madera insertado en el centro salga limpio y el pastel rebote al presionarlo ligeramente, entre 25 y 30 minutos.

5. Mientras tanto, prepare la mezcla de tres leches: En un cuenco grande combine la leche evaporada, la leche condensada (reservando 3 cucharadas para el merengue), la crema para batir y el extracto de vainilla. Bata hasta combinarlo todo. Cubra con plástico transparente y refrigere si no se va a utilizar inmediatamente.

6. Retire el pastel del horno y déjelo reposar durante 10 minutos. Despegue el pastel de los bordes del molde con un cuchillo de mesa. Deje enfriar completamente.

7. Mientras el pastel está todavía en el molde, use un tenedor para hacerle pequeños agujeros que lleguen hasta el fondo, con una separación de una pulgada. Con una cuchara, vierta poco a poco la mezcla de tres leches encima del pastel hasta que este la absorba completamente. (Hacia el final, la mezcla de tres leches se acumulará en los bordes del pastel, pero no se preocupe; la absorberá mientras esté en la nevera). Cubra el pastel con plástico transparente y póngalo en el refrigerador al menos por 5 o 6 horas, preferiblemente toda la noche.

8. Cuando esté listo para servir, prepare el merengue: Ponga la leche condensada reservada junto con la crema para batir, la vainilla y la canela en una batidora eléctrica. Bata a velocidad media hasta que la mezcla haya duplicado su volumen, forme picos suaves y esté esponjosa. Adorne el pastel con el merengue, las fresas y la canela. Sírvalo directamente del molde.